Für

Mama

Merry X-mas

Steff, d.i. Stefanie Rölz, wurde 1977 in Amberg geboren und lebt noch heute dort. Zusammen mit Tobias Hiltl gründete sie 1996 die Firma sheepworld AG, die sich ganz ihren Lieblingstieren, den Schafen, verschrieben hat. „Den Menschen ein Lächeln auf die Lippen und ein wenig Schaf in die Herzen zaubern" ist ihr erklärtes Ziel.

Georgenstraße 16
92224 Amberg

Printed in Germany by Don Bosco Grafischer Betrieb
ISBN 3937460128

Mehr zu Steff und ihren Schafen unter www.sheepworld.de

6. Auflage 2005
105.000 - 125.000 Exemplare

Ohne Dich ist alles doof.

sheepworld

Weißt Du eigentlich, wie es ist, wenn Du mal nicht bei mir bist?

Du
(nicht da):
doof

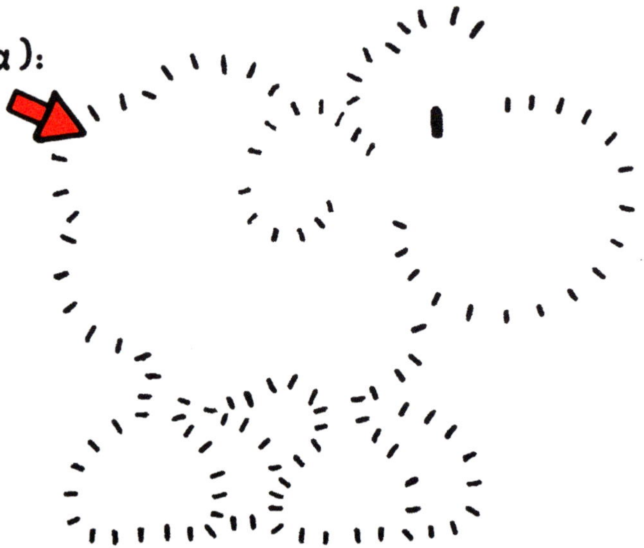

Dann macht alles keinen Spaß!
Nichts schmeckt mehr, weder Klee noch Gras!

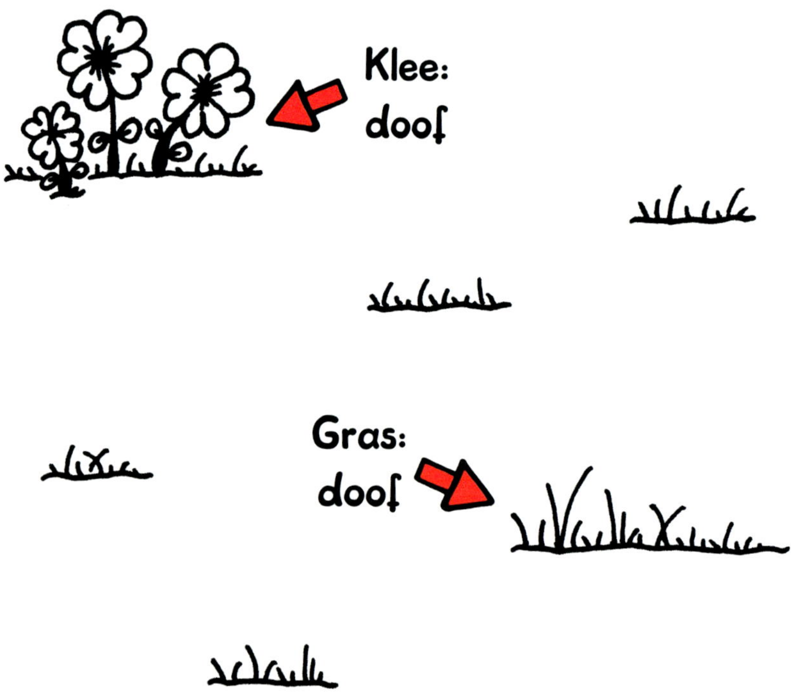

Am besten, ich bleib einfach steh'n
und lass die Zeit ganz schnell vergeh'n.

Die Sonne strengt sich mächtig an und scheint so strahlend sie nur kann.

Mit Dir wär das auch sicher toll,
doch ohne Dich nervt mich das voll...

Dort drüben steht der Apfelbaum,
so schön, doch ich beacht' ihn kaum.

Ein ganzer Baum für mich allein,
das ist doch doof, das muss nicht sein.

Kein Krabbelkäfer macht mich froh (sonst kitzelt er beim Krabbeln so),

doch ohne Dich bin ich immun
und find ihn doof - was soll ich tun?

Und alle and'ren auf der Weide,
die ich eigentlich nicht meide,

sind ohne Dich, ach, doof und dumm ...
Mit Dir treib ich mich lieber rum!

Die schönen Blümchen dort im Gras!
Sonst macht Dranschnuppern so viel Spaß.

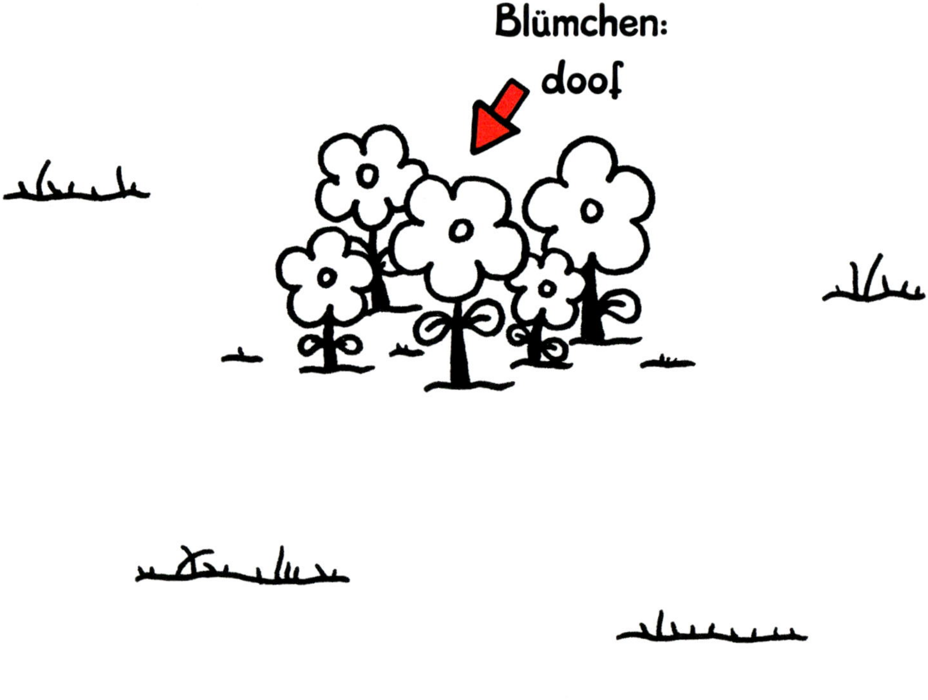

Blümchen: "doof" sagt jetzt mein Bauch
und ohne Dich sind sie das auch!

Da kommt im Sturzflug von ganz oben
ein Schmetterling mit Lust zum Toben.

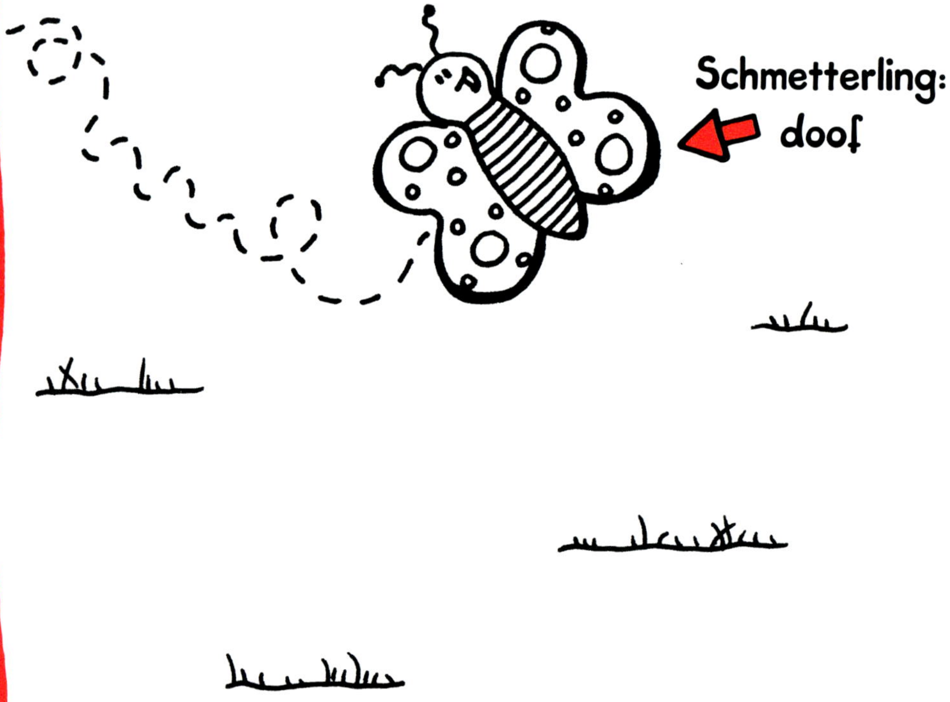

Mit Dir sehr gern, doch ganz allein?
Du alte Raupe, lass mich sein ...

Und ich? Ich stehe auf der Wiese
und hab Gedanken, nur ganz miese.

Gedanken:
doof

Alles öd und doof und fad.
Hab ich erwähnt, dass ich Dich mag?

Die Welt kann heute draußen bleiben,
ich kann sie sowieso nicht leiden ...

Komm bitte wieder ganz schnell her!
Ich vermiss Dich wirklich sehr!

Ich bin kein Dichter,
und kein Philosoph,
doch :

Ohne dich ist alles doof!

Bitte komm wieder!
Bitte komm wieder!
Bitte komm wieder!
Bitte komm wieder!

Bitte komm wieder!
Bitte komm wieder!
Bitte komm wieder!